虹の商店街物語

Mayuka inase
生瀬真由香

文芸社

＊目　次

虹の商店街物語

1. 虹の商店街

大都会・東京。東京の中でも特に〝オシャレ〟と言われている街・青山。

ここ、青山には大きな教会がある。『ルナー・レインボー教会』。〝月の虹〟という意味の名を持つこの教会には、満月の夜になると月明かりに照らされてひときわ美しく輝く虹のステンドグラスがあり、教会のシンボルマークとなっている。

その敷地内には、『月下《げっか》幼稚園』をはじめ、『月乃《つきの》小学校』、『和月《わつき》女子中学校』、『虹流《こうる》女子高校』、『虹希《こうき》女子大学』がある。皆、お嬢様学校である。そして、そこにかようほとんどの園児や児童、学生や教師が、『虹の商店街』を通ってかよっている。

虹の商店街には13軒の店舗がある。天窓がはられたアーケードがあるのは、お客はもちろんのこと、そこを通る園児や児童、学生たちが雨にぬれないようにという心遣いからである。

商店街の真ん中には2車線の道路が通っているが、そこは通学路ゆえ、〝8－19〟という交通標識が掲げられている。そのため、早朝と夜間を除いては、自家用車もバンも通らない。商店街の端、教会の手前にある大きな駐車場にそれぞれの店が使っている業務用のバンが13台と、住人たちの自家用車が停まっている。お客用の駐車場とは分かれているのだ。

商店街の住人たちと月下幼稚園は、古くからの切っても切れない長い付き合いで、毎年、春の入園式を迎えてひと月経つか経たないかという頃には、商店街の住人たちはその年入園した子どもたちの顔と名前を完璧に覚えてしまう。

さて、そんな月下幼稚園にかよう子どものひとり、青良《せいら》ちゃん5歳。

「太一《たいち》兄ちゃん、おはよ」

呼ばれた青年は、黄色いバラをかかえたまま、ほほ笑んだ。

「おはよう、青良ちゃん。今日も元気だね。スカート、寒くないの？」

「平気だよ。だって好きな人に振り向いてほしいもん」

「そっかぁ……だからお兄ちゃん、いつもドキドキするんだねぇ」

「どーゆーこと？」

「ん？　ふふっ。ナイショ♪　ほら、早く行かないと遅れるよ。健《けん》先生、また怒るよ」

「お兄ちゃん、バイバイ」

青良は、手を振りながら幼稚園へ歩いていった。

ここで、商店街の店と住人を紹介しよう。

教会を北に見て、アーケードを入ってすぐ右手に、先ほど青良と話していた太一がいる花屋『フラワーショップ月光《げっこう》』がある。太一のフルネームは、正月太《まさつき》一、23歳である。店先に一緒に立っているのは太一の恋人・由宇《ゆう》、20歳。

フラワーショップ月光の隣には、駄菓子店の『玉野《たまの》』がある。店先にいるのは、おばあちゃんと20歳の小百合《さゆり》。小百合の姉・楓《かえで》は23歳、アナウンサーをしている。

駄菓子店の隣は、『パン屋・キョウリン』。店主は、色白な太一とひけを取らないほどの白い肌を持つ、杏林博《きょうりんひろし》、23歳。そして、博の恋人・翼《つばさ》、24歳。

その隣には『日高商店《ひだか》』、雑貨店である。店先に立っているのは、聖《こうき》、22歳。

彼には柚子《ゆず》という25歳の姉がいるが、彼女の職業はＣＡ《キャビン・アテンダント》だ。

雑貨店を通り過ぎると、『文具の葉月《はづき》』。真澄《ますみ》、29歳と奈緒《なお》、28歳の夫婦が店番をしている。真澄の従兄で、本来ならこの店を継ぐべき健、23歳は、月下幼稚園の新米教師だ。

文具店の隣には『写真の和泉《いずみ》』がある。店に出ているのは50代半ばの夫婦である。彼らの息子・昌広《まさひろ》、22歳は、写真を撮ることに楽しさを覚え、カメラマンの道を選んだ。彼は、ヌードカメラマンである。

その隣には『お米の水沼《みずぬま》』があり、店先にいるのは水沼父娘《おやこ》。店では、おにぎりや炊き込みご飯なども売っているが、それを作っているのは、母親である。そして彼らには22歳になる息子・智也《ともや》もいるのだが、智也はトラックの運転手をしていて、たまには仕事のついでにお米の配達をすることもある。

そして、フラワーショップ月光の向かい、商店街の左手側は、入ってすぐが『精肉店・千秋《ちあき》』である。店先には、亮《りょう》、22歳。彼には双子の弟・剛《ごう》がいる。剛は商店街の近くにある『フィットネスクラブ虹野《にじの》』でインストラクターとして働いている。

その隣には『天野酒店《たかのさかてん》』。そこにいるのは、線のように細い目をした天野快彦《よしひこ》、22歳と、恋人の茜《あかね》、19歳。快彦と対照的な大きな瞳が茜のチャームポイントだ。

酒店の隣には『八百屋のヒリュウ』がある。店先には、長男の飛竜昌行《ひりゅうまさゆき》、23歳、そして、恋人の恒美《こうみ》、23歳。

続いて『魚屋・月歩《つきほ》』。息子の准一《じゅんいち》、22歳の姿が見えるが、彼は近所にある小さな遊園地、『レインボー遊園地』でアルバイトをしているため、ほとんど店にはいない。実際には彼の姉が店先にいることが多い。

隣は服飾店『春日《かすが》』。その家の息子・春日茂《しげる》、23歳は、隣町にあるスーパーの屋上で着ぐるみのバイトをしている。代わりに店に立っているのは、剛の彼女である宙奈《みちな》、23歳である。

そこを過ぎると、商店街の住人や利用客たちの憩いの場である『たっちゃん食堂』がある。主人でありシェフの相伝達也《そうでんたつや》、23歳と、恋人でウェイトレスの星《ほし》海《み》、21歳のふたりが営んでいる。

というように、大半が恋人同士で店を切り盛りしているのである——もちろん、そうではないところもあるが——。昌広と健、准一にも恋人はいる。昌広にはモデルの磨星《まほ》、22歳。彼女はヌードモデルもしている。健には、同じく月下幼稚園に勤める七星《ななせ》、23歳。このふたりは、最初に登場した青良の担任である。そして、准一には女優の千早《ちはや》がいる。千早は20歳である。

青良は商店街のお兄ちゃん、お姉ちゃんたちの恋愛事情を知っているし、太一は青良が自分に恋をしていることを知っている。だが、優しい太一は子どもの夢を壊すようなことはしないのだった。

2．　商店街の朝

商店街の朝は早い。朝に強い太一は、どの店より先に市場に出かけ、花を仕入れてくる。

「たいちゃん‼　起きてるんでしょ⁉」

由宇が階下で叫ぶ。そう、太一は起きている。ただ、寒さに弱い。今は11月の半ばといえど、今朝は真冬のように寒い。

「ミノ虫さん、出てきて！　部屋の中、暖かいわよ」

「うー、出たくないよぉ～。由宇ちゃん、今日、お店休も？」

太一は丸まったまま布団から目だけ出し、由宇を見上げる。

（か、可愛い!!　でも、お店は開けなきゃ!!　青良ちゃんも楽しみにしてるだろうし……）

太一の姿はまるで小動物のように可愛らしく、由宇は思わず「そのままでいいよ」と言いたくなってしまう。

「青良ちゃん、ガッカリするだろうな～。お兄ちゃんがこんな弱虫なミノ虫さんだって知ったら」

その言葉を聞くと、太一は布団を蹴り飛ばす勢いで跳ね起きた。

「やっと出てきた♪　さぁ、今日もキレイなお花、たくさん売りましょ」

太一の店をはじめ、虹の商店街の建物は大体が2階建て以上の造りとなっている。1階は店舗、2階や3階が住居である。太一の店は3階建てで、2階にリビング、ダイニング、キッチン、バス、トイレがあり、3階に太一や由宇、太一の両親の寝室とトイレ、収納部屋がある。
太一はいつものトレーナー——夏はTシャツだが——とジーンズに着替えると、勝手口からサンダルを履いて出て行った。

「あれ？　太一、おはよ。さてはおまえ、ミノ虫だったな？」

太一が駐車場に着くと、ちょうど昌行が自分の店のバンに乗るところだった。

「これからはこうなるよね。昌行と違ってオレ、寒さにかなり弱いからね」

「由宇ちゃん、大変だ」

昌行はそう言って、笑いながらバンのドアを閉めた。太一も昌行の後を追うように、バンのエンジンをかけた。

市場には、ガーベラやバラなど、色とりどりの花が売られている。しかし、市場の人と商店街の住人とは、〝商店街が出来た時から商店街が失くなるまでの無期限契約〟のため、太一や昌行はセリに参加したことがない。市場があらかじめ品物を確保しておいてくれるからだ。

「太一くん、遅かったね!!」

「寒いの苦手なんだよ。起きてることは起きてるんだけどね。で、花は？」

「バイトが運んでるよ」

太一は市場の〝バイトくん〟を手伝って、バンに花を運ぶ。

「これから春になるまでは、朝はこの時間になると思う」

「うん、解った」

市場はいつも活気に溢れている。太一は、この市場の空気が好きだ。

「もうすぐポインセチアの鉢植えが入るよね？」

「ああ、もうそんな時季だね」

太一の担当の楓真《ふうま》に、太一はバンに載せた花々を見ながら言う。

「毎年、売れるんだよ、ポインセチア。あれって、ちょうど1カ月くらいしかもたないんだよね。今年もよろしくね」

「OK！　任せといてよ。いつもに増して最高のポインセチア用意しとくから」

太一と楓真はガッチリと握手する。

「そろそろ行くよ」

「うん。じゃあ明日ね。今日もたくさん売ってね？」

「任せといてよ」

楓真は太一のバンが見えなくなるまで見送った。これは、この日に限ったことではない。商店街が出来た大正時代から、この見送りは続いているのだ。

商店街の人たちのおかげで市場が活気づいている、商店街の人たちのおかげで自分たちの生活がある、と考えた市場のそれぞれの担当者が、感謝の気持ちを込めて、車が見えなくなるまで頭を下げるようになった。以来、それが習慣となってずっと続いている。それぞれの店が親から子へと代々継がれていくように、市場の商人たちも親から子へと代々受け継がれていくのだ。

楓真の父も祖父も、太一の父や祖父とずっと付き合ってきた。

もちろん昌行にも、その親友とも呼べる信頼できるパートナーはいる。

太一は店先にバンを停め、仕入れてきた花を車から降ろす。それを由宇が台車に載せる。台車の上には、バラやガーベラ、ユリなどの色とりどりの花たちが積まれていく。

「今日も元気だね。可愛いっ」

由宇はやまぶどうの枝を一本手に取る。太一はニッコリとほほ笑んで、台車を店内に入れる。もう一度車と店とを行き来すると、バンを駐車場に停めに行った。

「太一っ！　おはよう!!」

「准！　おはよ。今から行くの？」

「イヤ、まだ早いよ。散歩してくるよ」

「ん。行ってらっしゃい」

そのまま太一は店の方へ、准一は教会の方へと歩いていく。

「おはよ、太一♡」

准一と別れてすぐに、太一に飛び付いた男がいた。

「おはよう、達也。もう少ししたら由宇とゴハン食べに行くね」

「うん。待ってるよ。あ、なあ」

「ん？」

「またデートしよーぜ？」

達也と太一は住人たちの中でも特に仲が良く、「付き合っている」というウワサまで出たほどである。

「じゃあ次の休みに遊びに行こ？」

「約束な！」

3. 女性たち

店に戻り、花を店頭に並べていると8時を過ぎた。その頃になると、周りの店のシャッターも開き始める。住人たちはそのまま店の前に立ち、園児や児童、生徒、学生たちのために、交通安全のパトロールを始める。

「太一くん、おはよう!!」

「おはよう、理緒《りお》ちゃん弥生《やよい》ちゃん」

虹流女子高にかよう生徒2人が太一にあいさつをして通り過ぎる。

幼稚園同様、小学校、中学校、高校、大学とも商店街は密接な関係にある。

パン屋・キョウリンの博は、昼休みになるといくつかのパンを持って中学校、高校に売りに行く。

女子学生たちは、学校帰りに日高で小物を買ったり、キョウリンのパンを買ったり、春日で服を買ったりしている。

そのため商店街の住人たちは、幼稚園にかよう子どもたちと同じように、小学校、中学校、高校、大学にかよう児童、生徒、学生、みんなの顔と名前は覚えてしまっている。


青良の父親は、世界を飛び回る有名テナーサックス奏者、理緒の母親は有名ピアニスト、父親も有名ベース奏者、弥生の父親は敏腕外科医で母親もまた名前を聞いて知らない人はいないというほどのクラリネット奏者である。そんな親を持つ子どもたちが商店街を通るのだ。

商店街の住人たちは皆、俗に言う〝イケメン〟揃いである。

そんな商店街の住人に恋する女性は数知れない。人気女優の千早のタレント仲間でさえ、商店街の住人に憧れている者は多い。

青良は優しい太一、理緒はスポーツマンでもある達也、弥生は毒舌な博に恋をしている。

だが3人とも、彼らに彼女がいることも知っているのだ。

3人だけではない。この商店街を利用する女性たちは皆、住人とそれぞれの恋人の仲が良いことも知っている。

太一と由宇は滅多《めった》なことではケンカしないし、これは太一と由宇に限ったことではない。達也と星海もそうだし、彼女のいる住人たちは皆、彼女を大切にする。いや、彼女だけではない、商店街を利用する主婦や学生、OLなど、下は赤ちゃんから上はおばあちゃんまで、すべての女性に親切なのである。

この虹の商店街が繁盛している理由《ワケ》は、そこにあるのだろう。

「昌行くん、じゃがいもと人参くれる？」

夕方、商店街は主婦でごった返す。昌行や亮、准一と准一の姉などは、客が買っていく食材で、その家の夕飯のメニューを当ててみせたりする。

「今夜はカレーですか？　はい350円です」

「当たり！　でも……ねぇ、おでんに人参って変かしら？」

40代前半の少しふっくらした女性が、1000円札を出しながら言った。

「650円のお返しです。え？　おでんに人参？」

「うん。この間、テレビで〝野菜のおでん〟っていうのをやってたのよ。それで、家でもできないかなあ？　って。……やっぱり合わない？」

女性は、おつりを財布に仕舞いながら言った。

「イヤ、オレがやったことないだけで。あの、作ったら分けてくれる？　食べてみたいよね。トマトのおでんもあるらしいね？」

「そうなんだって。今日は入れないけどね。今度、トマトのおでんも作ってみようかな」

「じゃあ、その時は美味しいトマトを仕入れておきますよ」

「本当⁉　じゃあ作ったらおすそわけするわね」

「ありがとうございましたぁ～」

女性は亮の精肉店にも寄って、鶏肉を買って帰っていった。

商店街は、夜は10時まで開いている。それは仕事帰りのサラリーマンやＯＬのことを考えてのことだ。

「太一くん‼」

夜9時過ぎ、レジの前の小さな腰掛けに座り、太一がこくりこくりと舟をこいでいると、男性の声がした。

「はい。あ、いらっしゃい、竜馬《りょうま》くん」

「黄色いバラとピンクのバラと、かすみ草でブーケを作ってくれない?」

「まいどありがとうございます」

太一は竜馬のお望みどおりの花々を手にして言った。

竜馬は、天野酒店で買ったのだろう、ラッピングされた四角い箱が入った紙袋を持って太一の後をついてくる。

「それ、ワインでしょ?」

太一は、バラとかすみ草をバランス良く組み合わせながら言った。

「そうだよ。よく解ったね」

「だって、今日は例の日でしょ?」

「アレ？　覚えててくれたんだ？」

「もちろん。はい。あ、これ。毎年だけど」

　ブーケと一緒に、小さなクローバーの鉢植えを、三日月のイラスト――これはフラワーショップ月光のロゴマークだ。各店ごとにロゴは異なる――が入った商店街オリジナルの紙袋に入れて渡した。

「黄色いバラ5本とピンクのバラ5本、かすみ草3本で、1000円になります」

　かなりサービスした値段だ。竜馬が支払いを済ませて帰っていくのを見送ると、由宇が隣に来て言った。

「あれからもう4年になるのね。ねぇ、クローバーって……」

「ウチと竜馬くんに渡すふたつしか仕入れてないよ。オレたちも竜馬くんたちも、クローバーはひとつで十分だろ？」

「もちろんよ」

この会話は太一・由宇カップルにとって愛の確認と言っても過言ではない。

太一・由宇カップルにとっても、竜馬カップルにとっても、この日は特別な1日なのだ。

4．幼き日のふたり

今日は土曜日で、幼稚園や学校は休みだ。そのため、文具の葉月では健が店に出ている。

フラワーショップ月光では、

「太一兄ちゃん、おはよう！」

「青良ちゃん。おはよう。いらっしゃい」

〝恋するレディ〟に休日はない。ましてや太一と比べられないほど、花も好きな青良である。

「お兄ちゃんとお姉ちゃんさぁ、これからたっちゃん食堂に朝ゴハン食べに行くんだけど、青良ちゃんどうする？　お留守番できる？」

太一はしゃがんで、腰掛けに座って足をブラブラさせている、小さくおませな5歳の少女と目を合わせた。

「青良、もう5歳だよ!?　お留守番くらいひとりでできるよっ!!　でも、達也兄ちゃんとこ行くっ!!」

「解った。じゃあ、一緒に行こう」

太一が立ちあがり、青良は腰掛けからジャンプする。そして青良は太一の右手を握る。太一も青良の手を優しく握り返した。と同時に由宇が階段を上がっていった。

そしてすぐに由宇は、付き合って初めてのクリスマスに太一からプレゼントされたオレンジ色のハンドバッグを手に、2階から下りてきた。

太一と由宇が付き合い出したのは、由宇が高校に入学した年の夏だった。

幼い頃からサッカーをしていた太一は、ずっと女の子にモテていた。外で遊ぶのが好きな割に白い肌、女の子のように小柄でキャシャな体型、大きな瞳……太一のすべてが女の子たちのハートをつかんだ。

幼なじみの由宇にとっても、太一は憧れの存在だった。

(太一くん、カッコ良いなあ。でも、私なんか相手にされないよね)

太一の周りにはいつも達也たち商店街の住人か、ブランド物に全身を包んだキレイな年上の女性がいた。だから、由宇はいつも、太一を見かけてはひとり喜んでいるだけだった。

商店街の周りにはお金持ちの家が多い。その中に隠れるようにぽつぽつと建っているアパートに、由宇の一家は住んでいた。アパートだって、決して古いわけではなく、貧しい人たちが住んでいるというわけではない。由宇一家も年収はそれなりにあり、特に暮らしに困ることもない。周りが豪華すぎるのだ。

「由宇ちゃん‼　これ、あげる」

だが、太一は周りを囲むお嬢様より、由宇のようなどこにでもいる〝普通の女の子〟が好きだった。

「わあ♡　カワイイくまちゃん‼」

教会と虹の商店街、隣の通りの『空の商店街』、その反対側に広がる住宅街の真ん中に位置している『オーロラ広場』の隅で、由宇は太一に声をかけられた。

「これね、ゲーセンのクレーンゲームで取ったんだ。由宇ちゃんに似合うんじゃないかなって思って」

由宇は、動物に喩えるならプードルのような、誰にでも好かれる可愛らしさを持つ少女だ。パンツよりもスカート、それもフレアスカートが似合うような。そんな由宇に、ピンク色のそのクマは本当によく似合っていた。

「あ、由宇ちゃん、今度の日曜日、サッカーの試合なんだ。オレ、出るから応援しに来てよ」

「え……いいんですか？　私なんかが行って……。太一くんの周りにはキレイなお姉さんがいっぱい……」

「オレね、ああいうタイプはちょっと苦手なんだ。だってああいう子たちって正直、金持ちが好きそうだろ？　オレはそれが苦になるタイプなんだよね」

太一は由宇の耳元で、ほかの女の子たちに聞かれないようにささやいた。

「太一くん！　ゴハン行こうよお～」

向こうから女性が太一を呼ぶ。太一は、ハァと小さくため息を吐いて由宇にささやく。

「これから達也と遊ぶんだ。とにかく、日曜来てね！　オレの、中学最後の試合だから!!」

そう言って、太一は広場から出て行った。取り巻きの女性たちは、土ぼこりを巻き上げながら太一の後を追いかけて行った（……相手にされないが）。

次の日曜日、由宇は太一のためにお弁当を作った。達也から、太一は昼はいつもキョウリンで買ったパンを食べていると聞いていたのだ。店が忙しい母を気遣っているのだという。

「太一くん、これ、お弁当作ってみたの。よかったら食べてください」

お昼、由宇は勇気を出して手作りのお弁当を太一に渡した。

「マジで!? やったあ！ ありがとう、由宇ちゃん」

太一は早速、包みを開いた。玉子焼きにからあげ、ウインナー、ホウレン草のバター炒め、白身魚の香草パン粉焼き……。栄養バランスも考えられたお弁当を、太一は夢中で食べる。

「美味しかったよ、ありがとう」

すべてをお腹の中に入れた太一は、それだけを言った。

由宇には、それだけで十分だった。お弁当を渡す前は、食べ終わったら「何が一番美味しかったか」なども聞きたかったが、今、そんなことはもうどうでもよかった。

それ以降、太一のチームが優勝して引退するまでのすべての試合を、由宇は太一に誘われるまま、お弁当を持って見に行った。

そして、由宇が中学を卒業し、高校に入学して初めての夏休み。太一の店にバイトに来た由宇が太一に意を決して告白をし、ふたりの交際が始まった。太一はその年の3月に高校を卒業し、フラワーショップ月光の跡継ぎとして、すでに働いていたのだ。

その年の11月23日。由宇のクラスメイトのお兄さんである竜馬が、恋に悩んでいるというので、太一と由宇は相談に乗ることにした。「ケンカをしてしまった彼女と仲直りをしたいが、お詫びに花をプレゼントするにしても、どんな花を選べばいいのかわからない」というのが、竜馬の悩みだった。

由宇は日高商店へ行き、ネコのぬいぐるみを買ってきた。太一はそれにピンクと黄色のバラとかすみ草で作った小さなブーケを添えた。そして、ふたりが仲直りできるようにと願いを込めて、店のディスプレイ用に仕入れていたクローバーの鉢植えをプレゼントしたのだ。

翌日、竜馬カップルはお礼を言いにやって来た。

それ以来、竜馬は毎年、11月23日に彼女にブーケを贈っている。太一はその日のために、毎年11月になるとクローバーの鉢をふたつ仕入れ、ひとつを竜馬たちに、ひとつを自分たちに贈るようになった。

そして、その年のクリスマスに太一はオレンジ色のハンドバッグを由宇にプレゼントした。そのバッグは、ブランド物でもなければ、何万とする高価なバッグでもない。だが、由宇はそのバッグを見た瞬間、嬉しさのあまり泣いてしまった。由宇は、そのバッグを今も変わらず大切にしている。

5．　苦手な男

「由宇姉ちゃん、どうしたの？」

青良が由宇を見上げ、由宇の袖をひっぱる。

「えっ？」

バッグを見つめてニヤけていた由宇は、一瞬にして現実の世界に引き戻された。太一が顔を背け、肩を震わせている。

「あっ！　たいちゃん！　笑わないでよっ!!」

「青良ちゃん、行こっか」

「も～っ‼　おじさん、少し留守にします」

「はいよ」

太一の父・杏祐《きょうすけ》が奥から顔を出す。

由宇は、先に出た太一と青良を追った。太一と青良は駄菓子店の玉野にいた。

「さゆちゃん、1コちょうだい？」

「ダメだってば。またおばあちゃんに怒られちゃうよお」

「たいちゃん、イジメないの」

由宇は太一の背中にそっと近寄り、怒ったような声を出してみせる。

「わあ⁉　ビビったあ……。ウソだよ。さゆちゃん、またね」

「さゆ姉、バイバイ」

青良が手を振ると、小百合もほほ笑んで手を振る。

パン屋のキョウリンの前を通ると、焼きたてのパンの香ばしい匂いが3人の鼻をくすぐった。

「パンでも良かったかな？」

キョウリンのパンが好物の一つである太一はぽつりと呟く。

「浮気しちゃダメ!!」

青良はそう言って太一の手をひっぱる。由宇はクスッと笑う。

葉月の前では、健が眠たそうにアクビをしていた。青良はそこでひとり、道路の反対側に渡った。ここは住人たち以外の車はほとんど通らない。そのため、青良のように道路を平気で横切る子どもも少なくない。それだけ、この商店街の道路は安全なのだ。

春日を過ぎるとたっちゃん食堂である。青良は太一と由宇をおいて、先に自動ドアをくぐった。

「おはよう、達也兄ちゃん!!」

「おはよう、青良ちゃん。あれ？　今日はひとり？」

「もう来るよ」

青良がそう言った時、ちょうど自動ドアが開いた。

「達也、おはよう!!」

「おはよう。太一。何が食べたい？」

「んー、鮭が食べたい。由宇は？」

「炊き込みご飯が食べたい」

「青良はハンバーグ！」

「はいよ」

星海がカウンターに座った3人の前に水とおしぼりを置いていく。達也は太一たちの座ったカウンターの方を向いている。たっちゃん食堂にはボックス席もあるのだが、太一は大体カウンター席に座る。

「あ、達也聞いてよ。さっき由宇ね、どっかの世界に行ってたんだよ」

「由宇ちゃん、どうしたの？」

「言わないでよっ！　ただちょっと昔のこと、思い出してたのよ」

「そう言えば太一と由宇ちゃんが付き合い出した時は、女の子たちが相当悲しがってたよなあ」

「でもオレ、由宇とか星海ちゃんみたいな普通の女の子が好きなんだもん。ブランド物をいっぱい持ってる女の子は苦手なんだよ」

3人が食事を終えて店に戻ったのが9時、店の開店時間である。

「太一お帰り。じゃあ、父さんたちは奥にいるから」

「うん」

杏祐と、その妻であり太一の母親である洋子《ひろこ》は自室に戻っていった。

昼前に、女子高生がやって来た。

「太一くん!!」

「香帆《かほ》ちゃん、いらっしゃい。今日はどうしたの?」

「ガーベラとかすみ草でブーケを作ってほしいんだけど」

「OK! ちょっと待ってね」

太一は黄色とオレンジ、ピンクのガーベラと数本のかすみ草、ワンポイントにやまぶどうの実のついた枝を入れてブーケを作っていく。

「プレゼントするの?」

「気になる?」

「ううん」

「太一くん、冷たぁ~い」

香帆は口を尖らせてふくれてみせた。太一はフフフと笑う。

「上手くいくといいね。ガーベラとかすみ草で１５００円になります。まいどありがとうございましたあ!!」

香帆が出て行くのを見送っていた太一は、香帆が去っていく方向に何かを見つけて、ビクリと体を強《こわ》ばらせた。

「由宇、青良ちゃん、留守番よろしく」

「うん。例の場所でしょう?」

「そ。達也んとこ」

太一が慌てて店を飛び出してから2分後、お客さま用駐車場に『主税《ちから》急便』のトラックが停まった。

「太一、いる!?」

腰掛けに座っている青良が、その男を目だけで眺めた。

「おっちゃん、こりないね。太一兄ちゃんがイヤがってんのに気づいたら?」

「お、おっちゃん⁉　オレ、まだ22歳なんだけど……」

智也がショックを受けている中、由宇の肩が震えている。

商店街の住人同士は物心ついた時にはすでに皆一緒になって遊んでいたので、年上も年下も関係なく、お互いを呼び捨てにしている。そのことは、太一たちのような年上グループも特に気にしてはいないのだが、太一にはどういうわけか「ヤなヤツ」が一人だけいる。それが智也である。

何がキッカケだったのかは覚えていない。だが、とにかくイヤなのである。

逆に、皮肉なことに智也は太一のことが大好きなのだ。太一を思うあまりに、ほかの商店街の子どもたちやファンの女の子たちに〝焼きもち〟を焼くほどだった。特に、「太一と付き合ってる」とまでウワサされた達也をライバル視している。

そんな智也を太一はより煩わしく思い、達也や昌行、博たちは、初めのうちこそ「諦めなよ」と智也を慰めていたのだが、その想いの大きさに呆れてしまい、今では何も言わなくなった。商店街の住人の彼女たちも、小さな青良も呆れているのが現状だ。

6. ヌード写真

「ね、太一は？」

智也の辞書には〝諦める〟という文字はないらしい。

「ねえ、知ってる？　しつこい男はキラわれるのよ」

青良の〝しつこい〟〝キラわれる〟という言葉が、智也の心に矢のようにつきささった。

「青良、さゆ姉のとこにお菓子買いに行ってくる！」

「うん。たいちゃんに会ったら、キョウリンの玉子サンド買って来て、って伝えて？」

「うん。あ、おっちゃん早く帰ってね？」

（青良ちゃん、毒舌ねぇ……たいちゃんってば、いつの間に教えたのかしら？）

そう思いつつも、由宇は相変わらず肩を震わせている。

「智ちゃん、もう仕事に戻ったら？」

「笑ってんじゃん！　由宇ちゃんっ!!」

言いつつも、智也は素直に出て行った。


たっちゃん食堂には太一のほかにも客がいた。いや、大概いつも満席であるのだが、この時、カウンター席には太一と、昌広とその彼女の磨星がいた。モデルである磨星は、背中の大きく開いたミニのワンピースを着ていて、いかにもモデルらしい雰囲気を漂わせていた。とは言え、フラワーショップ月光で留守番をしている由宇だって負けていない。タイプは違うが、とても可愛らしい少女である。二十歳《はたち》になってもキュートさは変わらず、さり気なく出るところは出た女性らしいスタイルをしている。商店街の彼らたちの彼女、星海や恒美、茜、翼、宙奈、七星、奈緒も小百合も、楓も柚子も、皆、男たちが思わず振り返るほどの美しい女性たちである。女優である千早は言うまでもない。

さて、カウンター席の太一。いつもは凛々しい眉が八の字に下がり、困惑顔である。

「太一くん、昌広に撮らせてあげてよ、ヌード」

「磨星ちゃんに言われても、それはイヤだよ。そもそもなんでオレなんだよ？」

「そりゃ、太一が色白で可愛いからに決まってんだろ」

（智也といい昌広といい、オレを一体なんだと思ってんだよ!!）

昌広がカメラの楽しさを覚えたのは小6の時である。

昌広が撮った写真を、昌広の祖父が昔ながらの方法で現像したのである。それは、おじいちゃん子だった昌広が初めて撮った、京都の紅葉の写真だった。

「あーっ!! ブレてるーっ!!」

出来上がった写真はピントがズレていた。昌広は「いらない」と言ったが、祖父の憶良《おくら》は孫の負けず嫌いな性格を上手く利用し、カメラ嫌いにならないように誘導した。

「昌広、悔しくないか? 紅葉をもっとキレイに撮ってみたくはないか?」

「…………」

祖父のこのひと言に、昌広のカメラに対する思いが変わった。

「じいちゃん……」

「ん?」

憶良は昌広の次の言葉がなんであるかを知っていたが、負けず嫌いである彼には知らないフリが一番である。

「オレ、カメラを使いこなして、将来はカメラマンになる!!」

憶良は、にっこりほほ笑んだ。

「お義父《とう》さんってば……」

傍でふたりの会話を聞いていた昌広の母は、憶良はわが子を上手く操る方法をいつの間に修得したのだろう、と苦笑していた。

「まぁ、オヤジはプロカメラマンでオレがお袋がやってたこの店を選んだからね。跡継ぎが欲しかったんだろ」

憶良の息子で昌広の父の省三《しょうぞう》が、レジカウンターの中でクスリと笑う。

それを聞いていた昌広の母は、「笑いごとじゃないでしょ!?」とツッコみたくなったが、今は黙っていた。

おじいちゃんっ子な昌広がカメラを使いこなせるようになるまで、そう時間はかからなかった。

中学を卒業するまでは、桜や紅葉など風景を中心に撮っていた。

だが、高1の夏休み、色白でキュートな太一と博、准一、茂、こんがりと日に焼けて男でもホレてしまいそうなくらいたくましい体の達也、日に焼けた体に白い歯がまぶしい剛が、広場にある噴水の周りで上半身裸で楽しそうにはしゃいでいる光景に出くわし、思わず愛用のカメラに収めていた。

それは、太一も博も准一も茂も達也も、それぞれ均等に、偏りなく収めてあった。

「すげぇ…………」

これが、昌広が「人物」を撮った初めての写真となる。

高校は写真を学べる学校に通っていたため、授業で人物を撮ったことはあるもののの、それはポーズを決めたモデルを撮るものだったし、モデルはクラスメイトだった。それはそれで楽しかったのだが、心のどこかで、教室ではないどこか広いところ、空の下で動く人や物を撮りたいと思っていた。

そんな矢先に出合った光景だった。

昌広は無我夢中でシャッターを切った。

遊ぶことに夢中な太一たちは、カメラのシャッター音にまったく気づかない。

ファインダーの向こうでは、太一の白い肌を夏の太陽と水しぶきがいっそう輝かせていた。

（ヌード、撮りたい！　太一のヌード写真が！）

その後昌広は、ヌードカメラマンとしてさまざまな人物のヌードを撮ってきた。

（あとは、本命の太一だけ！）

なのだが……。

「ぜってぇヤダ！」

「じゃあ、下半身は花とかで隠していいからさあ。ね？　一枚だけだから！」

「ちょっと待った！　オレにとって花は友達でもあり、癒しでもあるワケ。なのになんでヌード写真のアイテムにされなきゃなんないんだよ！　花をメインに写すべきだ。オレにとって花は昌広や達也、由宇や星海ちゃんたちと同じくらい大切なんだよ！　二度と言うなよ！」

7．柚子と楓

太一は怒って食堂を出て行ってしまった。

「…………」

昌広も星海も磨星も呆然としている中、達也だけは涼しい顔をしていた。

「ね、達ちゃん」

「星海、どうした?」

「太一くんって怒ったことあったっけ?」

「ないよ。ってか、オレらが小さい時から、太一は怒ったことないよ」

「それなのに今日はどうして……？」

達也は昌広の前にピラフを、磨星の前にはきのこのパスタを出し、洗い物を始めた。

「考えてみろよ、太一にとって大切な物は何かってさ」

「それがさっき言ってた……？」

「そう。太一《アイツ》にとって、花はオレたちと同じくらい大切なんだよ。なあ昌広、オレたち、高校は違ったけど、それ以外で別々だったことあるか？」

「……ない。いつも一緒だった……」

「だろ？　オレたちはお互いになくてはならない存在なんだよ。誰か一人が欠けてもいけないんだ。そりゃ用事で遊べない時もあるけど、大体は一緒だろ。太一にとって、オレたちと同じくらい大切で、なくてはならない存在なのが『花』なんだ。確かに太一の白い肌と鮮やかな花はすげえ絵になると思う」

「でしょ？　頼むから達也からも説得……」

達也は言葉をさえぎり言った。

「だからこそ、自分も花をそんなふうに扱いたくないし、オレや昌広たちにもそんな扱いをしてほしくないんだよ。だから怒ったんだ」

「……謝ったら許してくれるかな、太一」

「と、思うよ」


その頃、2人の女性が商店街の入り口、教会の反対側に立っていた。

「柚子、忙しくないの？」

「楓こそ、人気女子アナじゃん」

「おかげさまで。お互いガンバろうね。恋も仕事もさ」

その時、たっちゃん食堂の方から太一が歩いて来た。

「たい……」

楓が声をかけようとすると、フラワーショップ月光から由宇が出てきた。由宇の隣には青良。寮設備の整った都内の大学にかよっていたふたりだが、勉強に専念するため、大学の近くにアパートを借り、バイトに勉強に忙しかったのだ。由宇のことは知っていたが、お互いのことをどう思っているのか、見ているヒマがなかった。

「たいちゃんっ！」

由宇が太一に声をかける。

「由宇。智也、帰ったんだな？」

「うん。青良ちゃんったら、スゴイのよ」

「んふふ。〝おっちゃん〟〝しつこい〟〝キラわれる〟だろう？」

「そ。やっぱりたいちゃんが教えたのね」

「だって、オレがキライなものは青良ちゃんもキライって言うから、冗談半分で言ったら、覚えちゃったんだって」

そこまで言って、太一は楓と柚子に気づいた。

「あ、楓じゃん。久しぶりだな。柚子姉も元気そうじゃん」

「たいちゃん、誰?」

楓は太一の腕をつかむ由宇と青良を見て、ムッとしていた。

「あぁ。紹介するよ。こっちは由宇、オレの彼女。月光でオレのサポートしてくれてるよ。由宇と青良ちゃん、こっちは楓。そこの駄菓子屋の子で幼なじみ。小百合ちゃんのお姉ちゃんだよ。隣は雑貨屋の子で柚子。聖のお姉ちゃんだから、オレや達也や皆も、柚子姉って呼んでる。あ、そうそう、この子は……」

と、太一は青良を抱き上げる。

「虹の商店街のお姫さま、青良ちゃん5歳だよ」

太一の腕を引いて由宇が言う。

「ねぇたいちゃん、楓さんって……」

「そう、アナウンサーだよ。あ、青良ちゃん、博兄ちゃん呼んできて」

「うん!!」

柚子はドキリとした。楓は物心ついた時から太一が、柚子は博が、好きなのだ。

そんな柚子の気も知らず、博はすぐに現れた。

「柚子姉!? 楓もっ!? 久しぶりだね!! 元気そうじゃん!! ねぇ、しばらくいるんでしょ!?」

博は大コーフンである。

「おちつけよ、博。そう言や博って昔、柚子姉のこと好きだったんだっけか?」

「太一だって『ボク、おっきくなったら、カエデちゃんと結婚するーっ』って言ってただろ」

「あー、でも今は由宇だもん、ねーっ♡　博だって、翼ちゃんだろ？」

「ま、ね。柚子姉のこと、キライじゃないんだけどね」

「そりゃ、オレだってそうだよ」

太一は青良を抱き上げ、玉野と日高へ行き、小百合と聖を呼んできた。

「姉ちゃん!!　元気そうだね」

「聖ちゃあん♡」

柚子は弟に抱きつく。

「酔ってんのかよ!?　で？　彼氏でも出来たワケ？」

「作ろうと思うんだけどお～、博くんのことがあってえ……」

「お姉ちゃんもなの？」

小百合は楓に静かに問いかける。

「うん……。たいちゃんのことが好きで……彼氏作ろうって思っても作れないのよ……」

それを聞いた太一と博は、一瞬言葉に詰まった。

「……気持ちは嬉しいけど、彼氏作れよ。オレも博も彼女いるんだからさ」

「うん……」

太一の言葉に楓と柚子が同時にこっくりとうなずく。

「これからもちょくちょく帰って来いよ。んで由宇とかオレとか、もちろん博もだけどさ、皆で遊ぼうぜ？　昔みたいにさ」

子どもの頃は、太一たち12人と楓、柚子、聖、小百合は、広場や、後に准一が従業員としてアルバイトをすることになるレインボー遊園地で一緒に遊んでいた。太一はあの時のように、皆でワイワイ遊ぼうと言うのだ。

「ね、オレたちは好きキライ関係なくいつも一緒なんだよ。たとえ知らない人と結婚したとしても、オレたちはずっと親友なんだよ。じいちゃん、ばあちゃんになってもね」

太一の笑顔に楓は赤くなる。そして、太一のひと言に楓も柚子も感動して涙ぐんでいる。

「けど太一兄ちゃん、おっちゃんとは離れたいんでしょ⁉」

「それって智也のこと？」

聖がプッと噴き出す。

「うん。だってしつこいんだもん。私と由宇姉の太一兄ちゃんなのにっ！」

「そして楓さん、商店街のみんなと、お客さんの……でしょ？」

由宇が付け足す。

「うん。でもおっちゃんのじゃないっ！」

「青良ちゃん、大変だね。太一がモテモテでさ」

「うん。けど、いいの。今はこうして一緒にいられるだけで幸せだから」

由宇も、青良の言葉どおりの気持ちだった。

8．クリスマスデート

12月に入り、寒さはいちだんと深まった。商店街も東京の街も、日本、いや世界中がクリスマスイルミネーションで彩られ、恋人たちは今まで以上に幸せそうな雰囲気になり、シングルの男女は次々と恋人を見つけていき、家庭を持つお父さんたちは愛しいわが子のために、サンタに変身すべく奔走していた。

月光にはポインセチアの鉢植えが入荷され、飛ぶように売れていった。達也はクリスマスまでの限定メニュー、その名も『サンタ定食』を、例年どおり販売し始めていた。

「達也、サンタ定食ある？」

「おぉ。剛じゃん。今日はひとり？」

「いや、茂も一緒だよ。もう来んじゃね？　ほら、来た」

「ウワサをすれば何とやら、だな」

「何が？」

ふたりの会話に加わった茂が、不思議そうな顔で言う。

「ううん、なんでもねぇよ」

そう言いつつも、達也も剛も笑いをこらえきれないようだ。達也と剛が茂をからかう時の、お決まりのパターンだ。

「笑ってんじゃん！」

茂が冗談半分に怒ってみせる。それがふたりのツボに入る。

「で、茂。何食うんだよ？」

笑いすぎで目に涙を浮かべながら、達也が問いかける。

「そりゃ、〝クリスマス定食〟に決まってんじゃん」

「それを言うなら〝サンタ定食〟だろ！」

剛が茂の頭をペチンと手で叩いた。

商店街の住人、特に茂と快彦は、お笑いが大好きである。

茂なんかは〝夢を諦めなければ、自分はいつか芸人になれる‼〟と信じ、バイトを頑張っているのだった。

「ムリだろ……だって茂、笑いのセンスねぇーもん」

達也がつぶやく。いつも広場の片隅でひとり、反省会をしている。それが茂なのである。

「でさ、この商店街で彼女いねぇの茂と智也だけじゃん？　作んねーの？」

「ヒミツ〜のア〜ッコちゃん」

「ネタが古いっつーの！」

剛がまた茂の頭を叩く。

「ま、クリスマスはオレと達也は安心じゃん？　達也はどこか遊びに行くのか？」

「うん。そのつもり。剛は？」

「オレも。そういや、太一はどうすんだろ？　アイツ、オレたちの中で一番モテんじゃん？」

「そうだな。どうすんだろな？」


その時、フラワーショップ月光の店内では、青良が太一に告白していた。

「太一兄ちゃん、24日、デートして？」

青良は太一が断ることを知っていたし、その理由も知っていた。しかし……。

「よし、じゃあ、レインボー遊園地に行こっか」

「いいの⁉」

「いいですよ。ただし、夕方までよければ、の話ですけどね、リトル・プリンセス？」

「やったあ‼」


23日から学校は冬期休暇に入り、年内は学生や教師たちの登校、通勤はない。

そして、健は葉月の店先でレジを打ったり、在庫の確認をしたりし始める。

そして24日。朝早く目を覚ました青良は、月光へ向かった。

「由宇姉、お願いします」

青良は、料理好きな由宇に「太一の大好きなおかずを入れた、お弁当の作り方を教えてほしい」と頼んでいたのだ。母親の手伝いで玉子を割ったり、レタスをちぎったりしたことはあるが、包丁を使うのもガスを使うのも、青良にとっては初めてのことだった。

遊園地の朝9時のオープンに間に合うように、早く出かける太一と青良。青良のひざには朝作ったお弁当が載っている。

「ベルトした？　よし、出発〜」

車はエンジンをふかし、ふたりを運んでいく。

「そのバスケット、何？」

「ヒミツ」

太一はクリスマスだし、駐車場も園内も混むだろう、と考えていた。だが、遊園地は月光から近い。遊園地でアルバイトをしている准一も、徒歩で通勤しているくらいだ。そのため、開園15分前には駐車場に着いていた。

ふたりはまず、ジェットコースターへと向かった。

「お、太一、おはよ。今日の恋人は姫なんだ？」

ジェットコースターの係員は准一である。とは言っても、遊園地はとても小さく、准一はメリーゴーランドやミラーハウスなども担当している。

「そうだよ。ね、准。これ、預ってて」

太一はそう言って、青良の作ったお弁当を准一に渡した。

「了解。じゃあ、青良ちゃん、楽しんでね!!」

「うんっ!!」

ジェットコースターは小さな遊園地の中をぐるりと回る形になっている。

「青良ちゃん、怖くない？」

「太一兄ちゃんがいるから平気だよ」

青良がにっこりほほ笑んだ時、准一がベルトを締めるように言いに来た。

「あ、太一、さっきのあれ、弁当だよ」

「解ってるさ。けど、そこは気づかないフリしなきゃ、ねっ」

准一が太一にささやくと、太一もささやき返す。

「なるほどね。青良ちゃん、ベルトＯＫ？」

「うん」

准一はほかの乗客たちのベルトを下げて歩く。

「では、発車しまぁす。行ってらっしゃ～い！」

准一はマイクで言ってから発車ボタンを押した。太一と青良を乗せたジェットコースターが、ゆっくりと動き始める。

5分ほどでコースターはスタート地点に戻って来た。青良は目を輝かせてニコニコしているが、太一は失神しそうなほど青ざめていた。

その後ふたりはコーヒーカップやミラーハウスを楽しみ、お昼までにはほとんどの乗り物に乗り終えてしまった。

「青良ちゃん、達也の店でゴハンでも食べよっか？」

「うん。准兄ちゃん、もっといたかったけどごめんね」

「いいよ。また来てね！　メリークリスマス！」

遊園地は、どんなに混んでいても、半日もあれば回れるのだ。

ふたりは商店街に戻って来た。達也の店のカウンターで、青良の作ったお弁当を広げる。達也はそれを見なかったことにした。

「……んっ!?　ウマいっ!!　青良ちゃん、将来いいお嫁さんになるよ！」

太一がほめると、達也が手を伸ばした。青良はそれをドキドキしながら見ている。

「この玉子焼き、砂糖入ってるね？　うん、ウマいよ！　え？　これ初めて作ったの!?　じょうずだよ!!」

青良は大喜びだ。商店街の住人やお客さんたちに料理の腕前を認められている達也にほめられるのは、また格別な意味を持つからだ。

その時、達也が思い出したように太一に言った。

「そうだ、太一っ!! オレとのデートは？」

「そうだね。じゃあ、31日に、商店街閉めてから行こうよ」

「約束だぞ!!」

「じゃあ、ハカマ着ようね、おそろいのやつ。あるでしょ？」

「え？ ……あ、あるよ……もちろん!!」

「……達ちゃん、捜しといたげるよ」

太一がキゲンを悪くするだろうと思った星海が横から言う。星海の言葉に、太一はちらりと達也をニラんだ。

「ヤ、だからあるんだって。太一とおそろいのハカマ」

かなりうろたえ出した達也に、太一はため息を吐いた。

太一は成人式に、昌行や達也たちと、隣町にある『美方《みかた》呉服店』で色ちがいのハカマを購入したのだ。太一は青、達也は黄色、茂は緑、昌行はオレンジ、博はグレー、健は黒である。彼らは、成人式以外にも何かあると、おそろいのハカマを身に着けていた。

「いいよ、もう。失くしたんならそれで。でも失くしたんなら隠さないでね」

「あぁ、解ってるよ」

9．年越しデート

クリスマスが終わると、商店街は年末の準備に追われ始める。フラワーショップ月光には松、竹、梅が入荷される。鮮魚店の月歩には、お正月には欠かせない、にしんや数の子が入荷され始めた。天野酒店では日本酒の入荷量が増え、ヒリュウでは、お飾りに使うだいだいや、おせちの材料となる野菜が飛ぶように売れる。

それと並行して、それぞれ店と家の大そうじが始まるのだった。

しめ縄や門松は、早すぎても遅すぎてもいけないらしい。27日になると月光はすっかりお正月色になるが、門松などはたちまち売り切れてしまう。

31日、夜の7時になると商店街のほとんどの店がシャッターを降ろした。それは7時30分から始まる年末恒例の歌番組を見たいがためである。

達也と太一の年越しデートの待ち合わせは、太一が食堂に11時30分に行くことになった。

「太一っ！」

太一が食堂のカウンター席で舟をこぎつつ待っていると、黄色のハカマに着替えた達也が太一を抱き締めた。

「あったんだ？」

太一は少しイジワルをする。

「だから、ちゃんとあるんだって！　大事なものだもん、失くさねぇって!!」

「……ったくぅ。そういう強気なトコ、キライじゃないよ。じゃ、行こっか、青空神社」

青空神社は、隣通りの空の商店街を約1・5キロ歩いたところにある。もともと、青空神社の参道として空の商店街は栄えたのだ。青空神社は、空の商店街の住人たちや利用客たちはもちろん、太一たち虹の商店街の住人たちや教会付属の学校に通う青良たちにとっても、大切な神社だ。

青空神社までは車ならすぐだ。だが、大みそかの夜だ、道が混んでいることを見越して、ふたりは歩いて行くことにした。

神社に着くとふたりはまず、手と口を清めた。

「なあ、何か食おうぜ?」

達也が屋台を見渡しながら太一をつつく。

「後でね。先にお参りしよ」

太一はひとり、ずんずん歩いていく。達也は慌てて太一を追う。

「達也、後でチョコバナナ食べようね」

「やっぱ太一は解ってるね！」

ふたりは大勢の人の列に並んだ。そして、ワイワイと話し出す。その大半は幼い頃の思い出話だ。

10分もするとふたりの番が回ってきた。ふたりは一礼二拍手をした。

10.　この先もずっと

（いつまでも商店街の人たちと楽しくいられますように。そして、今年も達也たちといろいろ遊べますように）

太一はこのふたつを祈った。

（太一たちといつまでも一緒にいられますように。じいちゃんになってもこのハカマを着てますように）

達也はこのふたつを祈った。そして、一拍手一礼して次の人に代わった。

「ねぇ、おみくじ引かない？」

約束していたチョコバナナの屋台に着く前に、太一が提案した。

「あっ！　今って……」

「あ！　12時過ぎてる！　言ってなかったね、達也、あけましておめでとう。今年もよろしくね」

「おめでとう。こちらこそよろしく」

ペコリと同時に頭を下げる。そしてふたりはおみくじ屋さんへ。太一も達也も、幸先のいいことに大吉だった。

「おっ⁉　今年もいいこと、ありそうじゃん」

「オレも大吉だっ‼」

「やったネ‼」

「じゃあ……今年もアバレますか？　えちご屋どの」

「ふふふ。お主も悪よのう……って逆じゃん！　でもさ、今年もアバレようね、本当に」

「ああ」

ふたりは甘酒でカンパイをしようとしたところで「チョコバナナとは合わないだろう」と思い直し、チョコバナナでカンパイした。

神社をあとにすると、今度はルナー・レインボー教会に祈りに行き、1時過ぎに食堂に戻った。

店に入ると、星海が艶やかな振り袖姿で出てきた。太一は思わず抱き締めそうになる。

「おい、人の彼女、クドくなよ?」

「ありゃ、バレた?」

達也と太一がベテラン漫才よろしく、テンポ良く返し合う。

「お帰り。で、おめでとう達っちゃん、太一くん」

「おめでとう。今年もよろしく‼」

太一と達也のふたりの声がハモる。

3人は日本酒で新年を祝った。


2月に入ると、玉野で売られているチョコが飛ぶように売れる。そう、バレンタインデーである。

「由宇、何作ってんの?」

13日の夜、由宇はバレンタインチョコを作っていた。

「たいちゃん、大好きだよ」

それはお菓子作りの好きな由宇が作った、コスモスの形をしたチョコレートケーキだった。

「チョコレートコスモス？」

「うん。これからもよろしくね」

「うん。由宇、大好き!!」

その夜、達也や博たちも、バレンタインデーよりひと足早く、それぞれ恋人から手作りのチョコをもらっていた。


「太一兄ちゃん!!」

翌日は、女性たちの心を映しているかのような晴天である。

「青良ちゃん、いらっしゃい。あれ？　今日はオシャレだね」

「うん。ねぇ、今日、何の日か知ってる？」

青良は上目遣いで聞いてきたが、太一はワザと首をかしげた。

「さあ？　何の日？」

「本当は知ってるんでしょ？　はい。チョコレートあげる」

「あ、ありがとう。だからオシャレしてきたの？」

「この服、月乃小学校のセイフクだよ」

もちろん、太一はそれが小学校の制服であることを知っている。青良はくるりと一回転してみせた。ひざ上丈のプリーツスカートがふわりと舞う。

「そっかあ。青良ちゃん、もう小学生なんだねぇ。おめでとう」

「たいちゃん、何かお祝いしないとね？」

「そうだね。青良ちゃん、楽しみにしててよ」

「うん!!」

（太一、オレにくれないかなあ……）

青良にあれだけ言われたにもかかわらず、おめでたい智也。

「達也！　これからもよろしく!!」

商店街の住人たちは、男女関係なく、お互いにバレンタイン恒例の〝友チョコ〟を贈り合っている。

「サンキュ、太一。じゃ、オレからもプレゼントな。太一、チョコばっかりじゃキツいだろ？」

「うん。達也、解ってんじゃん」

達也が渡したのは、太一が最近ハマっているアニメのグッズだ。

太一は、智也にはチョコではなく、マジックハンドを渡した。

「何？　これ」

智也は毎年、太一の真意を測りかねて戸惑う。

「いいかげん彼女作れ。で、オレのことかまうな」

達也や茂たちは「なるほど……」と納得しつつも苦笑していた。

4月、広場に植えてある桜が満開になる頃、月乃小、和月女子中、虹流女子高、虹希女子大の入学式が行われる。

いつものように店先で交通安全パトロールをする太一たち。

「太一くん、おはよう!!」

ブレザーの制服からスーツに着替えた理緒と弥生が、太一に声をかける。

「おはよう。あれ？　スーツ？」

「うん。今日から私たち、虹希女子大の学生だよ」

「ねーっ」と理緒と弥生は声を合わせる。

「そっかあ……。でも大学生になったからってバイト、バイトで中退とかになるなよ!?」

「太一くんみたいに？」

「そうそうオレみたいに……ってオイっ！　オレは高校卒業と同時にココにいるのっ！」

弥生の言葉に太一がノリツッコミをする。だがそれは茂のそれとは違い、笑えるのである。理緒も弥生も笑い出す。

「あっ！　理緒、急ごっ、遅刻するよっ！」

「えっ!?　キャー！」

ふたりはバタバタと商店街をかけ抜けて行った。それでも、達也や博、准一たちへのあいさつはしっかりしていった。

太一は、アーケードの天窓を見上げた。

「いい天気だなあ……」

虹の商店街を包むこの暖かい空気は、この先もずっと変わらない……。

あとがき

はじめまして、生瀬真由香と申します。

この『虹の商店街物語』が私、生瀬のデビュー作となります。

私はいつか、商店街を舞台に、恋に友情に仕事に悩む主人公を描いてみたいと思っていました。そして出来上がったのがこの『虹の商店街物語』です。

今さらではありますが、ほかの多くの先生方と比べると、まだまだ拙い私ですが、この物語に興味を抱いて手に取っていただきました皆さま、ありがとうございます。

本編を読まれてからこのページを開かれた方、いかがでしたか？　楽しんでいただけましたか？　主人公たちは恋に友情に仕事に……悩んでないじゃん！　というツッコミはナシでお願いいたします。

まだ本編読んでないよ！　とおっしゃる方、私なりに精一杯、愛情込めて書き上げた作品です。きっと楽しんでいただけるハズです。

皆さんの中で、正月太一が、由宇が、青良が、元気にはしゃぎ笑っていることを願い、作者のあとがきとさせていただきます。

最後に、アイディアのヒントをくださいましたMさん、とても感謝しています。そして、文芸社の方々、応援してくれた家族や友人にも、心から厚く御礼申し上げます。

どうか皆さま、今後とも末永いお付き合いを、よろしくお願いいたします。

2007年6月12日

生瀬　真由香

著者プロフィール
生瀬 真由香（いなせ まゆか）
1984年、滋賀県に生まれる。
滋賀県立滋賀女子短期大学卒。

虹の商店街物語

2007年11月15日　初版第１刷発行

著　者　生瀬 真由香
発行者　瓜谷 綱延
発行所　株式会社文芸社
〒160-0022　東京都新宿区新宿１－10－１
電話　03-5369-3060（編集）
03-5369-2299（販売）

印刷所　図書印刷株式会社

ISBN978-4-286-03704-2